AF280283

INGA ROSE

SAUVER S.

Quand l'amour
ne suffit pas

www.novumpublishing.fr

Tous droits pour la distribution sont réservés: par voie de cinéma, de radio ou de télévision, de reproduction photomécanique, de tout support de son, de reproduction même partielle et de supports informatiques.

Imprimé dans l'Union européenne sur du papier écologique, blanchi sans chlore ni acide.

© 2021 novum maison d'édition

ISBN 978-3-99107-720-6
Relecture: Sébastien Pansart
Photographie de couverture: Punnarong Lotulit | Dreamstime.com
Création de la jaquette: novum maison d'édition

www.novumpublishing.fr

Chapitre 1

Nous étions quatre garçons à la maison. Nous habitions dans le Morbihan, dans une petite commune pas loin de Vannes. Mon père travaillait à la commune. Ma mère restait à la maison. Pierre était un homme jovial, bien vu par ses collègues, même si lui, il n'était pas breton. Mes parents avaient construit une des premières maisons dans le nouveau lotissement qui n'était pas habité par les anciens, pour la plus grande partie marins et enfants de marins. Mon père était entré à l'administration après des années de travail sur le terrain. La commune était en plein développement et la mairie avait besoin de dessinateurs et de géomètres pour déterminer les nouvelles implantations. Il devait analyser le terrain, examiner les possibilités pour creuser, faire installer le tout-à-l'égout. Les lots étaient offerts à petit prix.

Il connaissait tout le monde. Il n'était pas exceptionnel qu'il rentre tard avec un sourire un peu bête, parce qu'on lui avait offert l'apéro, à gauche ou à droite. Mon père n'était pas autoritaire, c'était ma mère la chef à la maison. Ce n'était pas rien d'avoir quatre garçons qui n'avaient que quelques années d'écart. Elle lui reprochait souvent de ne pas être assez strict.

«Adrienne, ce ne sont que des enfantillages. Je vais les amener à la pêche samedi. Mon copain va sortir. Il fera beau. Comme ça tu seras tranquille pour la journée. Et dimanche, j'ai prévu d'aller au foot avec eux.»

L'aîné, Alain, était un garçon assez calme, qui se sentait responsable de ses petits frères. Le deuxième, François, était un cancre, il inventait des coups à l'école, qui faisaient rire toute la classe.

Et puis il y avait les jumeaux, Frédéric et moi, Jacques.

C'est François qui fatiguait particulièrement ma mère. Il revenait souvent à la maison avec des notes dans son carnet de correspondance. À la maison, il laissait traîner ses affaires, rentrait avec un pantalon déchiré, perdait ses crayons. À table, il avait la bougeotte, rigolait et faisait rigoler pendant qu'il mâchait la bouche ouverte. Il fallait le pourchasser dans la salle de bains pour qu'il se lave les dents ou prenne une douche. Elle avait beau le réprimander, le priver de dessert, rien n'y faisait. Vers ses 13 ans s'ajoutèrent ses frasques pubères. Un jour, ma mère ramena un martinet à la maison. Tout le monde croyait que c'était pour notre chienne, un jeune Labrador, qui aimait s'évader.

Mon père réagit tout de suite :
« Si tu la tapes quand elle revient, elle va avoir peur de rentrer.
– Pierre, c'est pour ton fils, il me met hors de moi. Que je le réprimande, que je le punisse, il continue sous mon nez.
– Alors je vais m'en occuper, mais je ne veux plus voir cet engin. Il est exclu que tu l'utilises pour corriger les gamins.
– Ben, ma mère, elle avait un martinet pour les garçons, dit-elle d'une voix incertaine.
– Peut-être, mais pas chez moi. »

Nous avions tous assisté à la discussion. Quand il s'en aperçut, mon père nous envoya dans nos chambres.
« Et François, tu viens avec moi. »

Pierre était persuadé que François n'était pas comme les autres gosses. Il en parla au médecin qui lui conseilla de le faire tester. Ceci révéla un TDA : un trouble déficitaire de l'attention.

François devint le jeune le plus attachant et le plus attaché à ses parents.

Quand nous avions 17 ans, Frédéric mourra dans un accident.

La joie quitta la maison. Ma mère mit le couvert pour lui jusqu'à trois ans après sa mort. Mon père en souffra en silence. Il regardait sans voir. La vie s'arrêta à la maison Mayer.

On nous appelait les inséparables. À l'école, nous faisions tourner l'instit' en bourrique. Nous nous amusions à faire les clowns.

Ma mère n'aimait pas ces histoires. Mon père avait du mal à rester sérieux.

Plus tard nous nous partagions les devoirs, Frédéric était fort en langues et faisait deux compositions d'affilée, moi, j'étais plus fort en mathématiques et résolvais tous les exercices. En perdant

Frédéric, je dus m'habituer à être seul. Pendant longtemps je vivais des nuits perturbées, et des rêves désagréables. Le fait d'être jeune ne résout pas tout, contrairement à ce qu'on peut penser. La douleur de la séparation m'avait soudain envahi et influençait souvent mes choix.

Alain entama des études techniques. François, l'ingérable, travaillait dans le vert : il entretenait des plantes et des arbres dans la commune. Moi, je fis de la médecine.

Chapitre 2

Petit garçon que j'étais, à 7 ans j'avais une copine, Solange, que je partageais avec mon frère. L'école finie, nous faisions une partie de la route ensemble. C'était une fille taciturne. Elle était jolie, assez petite pour son âge. Elle disait que son père était mort et qu'elle vivait seule avec sa mère.

Dans le quartier où nous habitions, personne n'était riche. Mais chez Solange, il n'y avait même plus de pain à se mettre sous la dent à la fin du mois. Gamins, nous ne pouvions pas imaginer de ne pas pouvoir manger à notre faim. Elle habitait une petite maison de marin dans le vieux village.

Il fallut longtemps avant qu'on sache que la situation était si grave. Un jour, elle nous raconta qu'elle avait faim, et qu'il n'y avait plus un sou dans la boîte. Dès le matin suivant, nous lui avons préparé tous les deux un bout de baguette avant de partir à l'école. Pour 10 heures, disait-on à maman, qui nous regardait faire, étonnée de cet appétit croissant. Solange en mangeait un à la récréation et rangeait soigneusement l'autre pour le repas le soir.

Avec le temps, nous avons réalisé à quel point la mère et la fille avaient du mal à vivre d'une petite pension du gouvernement. Pour des gamins qui n'avaient aucune idée des besoins financiers nécessaires pour se loger, manger, se vêtir, c'était surréaliste. Elle nous confia un jour que sa mère était très régulièrement ivre, que dès l'arrivée de l'allocation, elle allait chercher sa provision de vin rouge. Ce n'était pas exceptionnel qu'elle doive l'aider à se coucher. Sa mère avait arrêté depuis longtemps de faire à manger le soir; passé cinq heures de l'après-midi, elle n'en était plus capable.

Le moment où il n'y avait plus de sous dans la boîte arrivait toujours trop tôt.

Solange était déléguée aux courses, et comprenait vite qu'elle devait cacher une petite partie chaque fois pour pouvoir finir le mois. Elle n'avait plus vu l'intérieur de la boucherie depuis quelque temps. La viande était trop chère pour son budget. De temps en temps, elle pouvait aller chercher du poisson chez les voisins. Le père était marin, et son fils Maurice allait à l'école du village, comme nous. Maurice se vantait de ne pas avoir besoin de faire ses devoirs, que de toute façon, il serait marin plus tard. Quand le père était en mer, la mère de Maurice invitait parfois Solange à table. Elle mangeait et restait muette, assise entre les cinq garçons. Maurice essayait toujours de faire le mariole. La mère l'arrêtait net avec une gifle.

Solange nous fit jurer de ne rien dire à personne. Ce fut Frédéric qui eut l'idée d'un «serment sacré». Il dévorait livre après livre et avait lu que les héros se coupaient la main pour mélanger leur sang. C'est Solange qui ramena un petit couteau. Mais quelqu'un nous épia pendant le petit déjeuner et maman vit notre manège.

Après l'école, nous nous cachâmes pour nous couper dans le doigt. Frédéric changea de couleur en voyant le sang et s'évanouit. Quand il reprit ses esprits, nous lui jurâmes que son sang était mélangé aux nôtres. Nous étions liés par le secret.

Après l'école primaire, nous sommes allés au même collège.

Notre amitié a perduré. Nous sommes entrés ensuite au lycée. Solange a arrêté l'école à la fin du collège et a commencé à travailler chez le boulanger. Elle servait les clients. Nous étions toujours d'accord pour aller chercher le pain, ce que ma mère trouvait étonnant.

Nous essayions de la voir régulièrement. Entre nous, il n'y avait aucune jalousie. En dernière année de lycée, Frédéric a eu son accident mortel.

Contre toute attente, j'ai eu mon bac. Et en septembre, j'ai entamé mes études de médecine.

Chapitre 3

Solange est sortie de ma vie pendant six ans. J'étais en fac de médecine à Rennes et je ne rentrais que sporadiquement. L'ambiance à la maison était sombre. Je voulais obtenir mon diplôme le plus vite possible. Je travaillais comme un diable. Je suis rentré pour la fête du village. Et c'est là que je l'ai revue. Elle n'avait pas perdu ses jolis traits. Son regard était grave. Elle était accompagnée de Maurice. Maurice était devenu un grand baraqué, qui fumait comme un Turc. Il la tenait fermement contre lui. Quand Maurice la lâcha pour rejoindre ses copains, je m'approchai. Je lui demandai comment elle allait. Je ne l'avais pas vue à la boulangerie. Elle me répondit qu'elle travaillait à la Conserverie de Vannes. On papota un peu et puis elle me dit qu'elle devait rejoindre Maurice, qu'il allait se poser des questions sur son absence.

«On ne peut pas se voir une autre fois, Solange?

– Pour?

– Pour discuter tranquillement?»

Elle hésita.

«Quand Maurice est en mer… Mercredi? Mais je ne finis qu'à 17 heures.

– Je t'attends à la sortie, d'accord?»

Le mercredi, on se promena un peu, et je me suis lancé.

«J'ai beaucoup pensé à toi ces derniers temps. Tu te rappelles, on était bien à trois.

– C'était il y a longtemps. Qu'est-ce que tu veux, Jacques?

– Je veux te revoir.

– Tu rigoles? Tu fais des études de médecine, moi je sens le poisson tous les soirs. Soyons réalistes. Et puis il y a Maurice.

– Tu l'aimes?

– Je l'aime bien.

– Tu crois que ça suffit pour s'engager dans une vie commune?

— Mais où veux-tu en venir ? on ne se connait plus, on était gosses !

— On peut refaire connaissance…

— Et qu'est-ce que je fais avec Maurice entretemps, je le mets sur une voie de garage ? Ou je le quitte, et après quelques mois, tu vas t'ennuyer de moi. Tu vas trouver que je n'ai pas une conversation intéressante, que ces filles intelligentes ou tes collègues, bien soignées et de bonne famille… »

Elle commence à pleurer.

« Laisse-moi, Jacques, s'il te plait. »

Elle est partie. Je n'ai pas osé la suivre. Je suis rentré bredouille.

Était-ce une lubie de ma part ?

Était-ce des réminiscences des jours heureux ?

J'avais rencontré Josiane, une belle fille qui s'était déclarée amoureuse. Elle voulait continuer des études de chirurgie. On avait fait l'amour. Pourquoi maintenant Solange ? Maurice allait pouvoir la soutenir, elle et leurs enfants, elle n'aurait plus besoin de travailler. Elle serait femme de marin, attendant son retour avec patience.

J'ai pensé à ses pleurs. Et je me suis accroché à ses larmes. Je suis allé la revoir le lendemain.

Je l'ai vue sortir avec une flopée de filles. J'ai attendu qu'elle soit seule.

« Jacques, encore toi. Si les filles me voient, elles vont se poser des questions. Je croyais que tout était dit. Je n'ai rien à ajouter. »

Elle semblait en colère.

« Le monde des marins est petit. Tu vas me mettre dans l'embarras.

— Encore une question, Solange, pourquoi as-tu pleuré, hier ? »

Sa voix s'attendrit.

« Je ne sais pas. J'ai pensé à Frédéric, j'étais triste.

— Ou à nous trois ?

— Nous étions inséparables.

— Nous nous aimions, non ? Comme tu aimes Maurice ?

— Ce n'est pas pareil. »

Elle éleva la voix.

«On a déjà fait l'amour, Jacques.

– Et alors, ce n'est pas grave.

– Si, c'est grave. On fait l'amour avec l'homme avec lequel on est marié ou on va se marier. Mais vous autres, étudiants, en médecine, je me suis laissée raconter que vous faites l'amour avec n'importe qui…

– Solange, tu te rappelles comment on était liés ? Nous t'aimions et tu nous aimais. Tu te rappelles qu'on avait parlé de se marier?

– Et puis tu m'as dit qu'on ne pouvait se marier qu'une fois… Et que vous alliez me partager.»

Elle est restée silencieuse.

«Jacques, c'est loin tout ça. Nous avons 24 ans, tu n'as pas encore fini tes études. Je n'ai aucun diplôme, toi tu seras médecin. Supposons que tu sois amoureux. Dans deux ou trois ans, tu auras honte d'une femme qui ne sait rien faire d'autre que nettoyer du poisson pour les mettre en conserves…

– Je n'aurai jamais honte de toi, je t'aime, Solange.

– Merci, Jacques, c'est gentil, même si ce n'est pas vrai.»

Elle me donna un baiser sur la joue et elle s'en alla.

Je suis rentré. J'avais de l'espoir. J'avais déjà envie de la revoir.

Je ne savais pas quand Maurice allait rentrer. Je me rendais compte que je ne pouvais pas rester inactif. Elle avait bien dit qu'elle avait fait l'amour avec Maurice parce qu'elle allait se marier. Dans ma fougue, je décidai d'aller voir sa mère.

Je m'y rendit le lendemain. Elle était seule et pas encore ivre.

«Je viens te demander la main de Solange.

– C'est quoi ce délire? Elle fréquente Maurice depuis deux ans. À quoi elle joue?

– Je suis Jacques. Je la connais depuis nos sept ans. Solange n'est pas au courant de ma demande.

– Ça, c'est la meilleure. Ça suffit, va-t'en maintenant.»

Sa mère colporta la nouvelle à la mère de Maurice. Maurice fut au courant, avant Solange. Il l'attendit à son travail : il l'attrapa et la frappa pour qu'elle sorte le nom de ce prétendant dont elle ne savait soi-disant rien. Malgré les coups, Solange ne lâcha pas un mot. Le samedi, elle trouva un moment pour fuir la maison et venir me voir. C'est ma mère qui ouvrit la porte. Elle était stupéfaite de voir une jeune femme au visage tuméfié.

«Est-ce que Jacques est là ?»

Ma mère m'appela. Quand je la vis, je compris.

«Je viens t'avertir que tu auras la visite de Maurice. Il menace de te tuer.

– Je suis désolé.»

Je l'ai prise dans mes bras.

«Il n'aura pas à me chercher.

– Ne fais pas ça, Jacques, il est furieux, il va te faire mal.»

Je lui ai souri.

«Alors, Solange, tu tiens à moi ? Tu sais que j'ai demandé ta main à ta mère ? Qu'est-ce que t'en dis ?»

Je marquai une pause.

«Tu ne dis pas non... Ne réponds pas, je vais d'abord régler cette affaire.»

J'y allai sans hésitation. Je marchais à l'adrénaline. Je savais que Maurice était plus fort que moi, musclé par le travail manuel. Ce n'est pas pour rien qu'Alain m'appelait «le petit frère». Lui, un homme bien bâti par des années de natation. Je trouvai Maurice au bistro des marins et criai :

«Maurice, j'ai à te parler.»

Il sortit. Il avait déjà bu et n'était plus très stable.

«Alors, on aime battre les femmes?

– De quoi tu te mêles? Je bats ma femme quand je veux.

– Ta femme? À ma connaissance tu n'es pas marié...

– En quoi ça te regarde?

– Ça fait toute la différence pour moi. Je propose que tu la laisses choisir avec qui elle veut se marier, si mariage il y a. Et si tu as encore une envie pressante de frapper, tu peux toujours venir me voir. Je suis Jacques Mayer et j'habite le village.

– Merde, je peux te tuer sans le moindre effort.

– Quand tu seras plus sobre, peut-être.»

Je suis rentré. Je tremblais sur mes jambes. Quand Solange me vit indemne, elle me sauta au cou.

«Je m'excuse, Solange, si j'avais su...

– Tais-toi maintenant, et viens contre moi.

– Maman, Solange ne peut pas rentrer chez elle ce soir, je vais lui laisser ma chambre et dormir sur le canapé.»

On eut l'occasion de discuter pendant tout le week-end. Solange expliqua que la famille de Maurice l'avait souvent aidée. C'étaient des gens simples avec un cœur en or. Et puis Maurice avait déclaré vouloir l'épouser.

«Maurice est un rude au premier abord, mais avant hier, il ne m'avait jamais fait de mal. C'est vrai qu'il est jaloux, mais il boude et va voir ses copains, pour rentrer à moitié ivre. Je dois retourner avec lui, Jacques.

– Solange, s'il te plait, réfléchis à ma proposition.

– Tu n'as pas peur? Tu ne me connais plus.

– Tu me plais comme tu es.»

Solange ferma les yeux.

«Donne-moi une chance, Solange.»

Je l'ai embrassée et elle m'a rendu mon baiser.

Le dimanche, je voulais expliquer la situation à mes parents. J'étais encore à leur charge, j'avais mes études à finir et je ramenais une autre personne à nourrir et à loger. Ils voulaient parler à mes frères. Alain était chez sa fiancée. Il dit d'accord tout de suite.

«On va faire avec. Je ne vais pas pouvoir aider beaucoup parce que j'épargne pour nous acheter une maison.»

François habitait toujours la maison. Il n'a pas arrêté de nous regarder. Il a donné trois bises bruyantes à Solange, ce qui l'a fait sourire.

«Je participe volontiers aux frais!»

Mon père arrêta la discussion en disant qu'ils n'étaient pas riches, mais que même sans l'aide des frères, ça allait passer. Et que c'était bien que tout le monde soit au courant.

«Comment vais-je faire lundi? Toutes les filles de la Conserverie connaissent la famille de Maurice. Elles vont me cracher dessus.

– Tu n'y vas pas, t'appelles pour dire que tu es malade. Et fin de semaine tu fais savoir que tu ne viens plus.

– Je dois rentrer à Rennes demain. Ça va?

« – Oui, tu peux partir.

– Je vais d'abord t'accompagner chez toi pour reprendre tes affaires. »

La semaine suivante, j'ai commencé un stage au service d'urgence de l'hôpital à Rennes. J'avais un téléphone à ma disposition dans le lieu de repos des médecins et infirmiers. J'appelais régulièrement. Apparemment tout se passait bien. Je n'ai pas quitté le site pendant six semaines. Avant de rentrer, j'ai acheté une chemise de nuit pour Solange. Elle dormait dans un pyjama usé. On a passé quelques bonnes journées ensemble. On dormait peu, trop occupés à se caresser. Je suis parti pour six nouvelles semaines. J'étais dans un service où je n'avais pas de téléphone à ma disposition. Quand j'ai appelé la maison, ma mère m'a dit que Solange n'était pas là. À mon retour, mon père m'attendait à la gare. Je sentis la tempête. Il m'a raconté que Solange était partie un dimanche matin très tôt. Elle avait fait son lit, ramassé ses affaires et laissé un petit message : « Merci beaucoup pour l'accueil que vous m'avez réservé ». François l'avait vue sortir de l'autobus avec la mère de Maurice.

J'étais anéanti. Mais je n'avais aucune intention de faire quoi que ce soit pour la récupérer. Le dimanche, je suis reparti à Rennes.

Il faisait très froid en ce début d'année. Je passais de l'hôpital à la bibliothèque de la fac. Quand j'étais en stage, je dormais sur place, sinon je me rabattais dans le divan d'un de mes copains. J'avais résilié le contrat de mon appartement pour réduire les frais. Je sentais une urgence à terminer cette dernière année, je ne voyais personne et je ne me permettais aucune sortie. Je ne rentrais pratiquement plus à la maison, j'épargnais le ticket de train. Je ne voulais pas passer au village et ressentir l'absence de Solange.

À partir de Pâques, j'ai commencé à chercher un poste vacant de médecin généraliste. Il était exclu que j'exerce près de la maison. Je suis tombé sur un cabinet dans la Loire, à Charlieu, à 700 kilomètres de chez moi. Un médecin de 77 ans qui prenait sa retraite. Il m'invita à venir le voir et à travailler juillet et août ensemble, pour préparer l'éventuelle reprise. Je me suis informé un peu sur cette région, que je ne connaissais pas du tout. Le Brionnais est très prisé par les Hollandais et les Anglais pendant la période estivale. Édouard avait de nombreux patients anglais qui avaient investi dans une résidence secondaire, vu les prix de l'immobilier en Angleterre. Les bocages et les prés bordés de petits murs leur rappelaient leur pays. Je me suis accroché à ce projet. Selon le médecin, j'étais jusqu'à aujourd'hui le seul qui s'était déclaré intéressé. J'avais hâte de passer mes examens. J'avertis mes parents que j'allais rentrer. Mon père m'attendait à la gare.

«Des problèmes, papa?

– Non, surprise. Je voulais t'en parler en l'absence de ta mère. Solange est déjà venue deux fois à la maison. Elle voulait te parler. Ta mère n'était pas très gentille. Je lui ai dit que ce n'était pas ses affaires et que c'était à toi de voir. Avant-hier elle est revenue. Elle sait que tu rentres aujourd'hui. Elle sera là ce soir vers 19 heures.»

Je ne peux pas dire que j'étais content. J'étais curieux, c'est tout.

«Je voulais t'avertir, mon grand. Ça ne t'engage à rien. Malheureusement, je ne pourrai pas t'épargner les commentaires de ta mère.»

Une fois rentré, nous prîmes le thé ensemble. J'en profitai pour parler du cabinet à Charlieu et annoncer mon départ dans une semaine.

Le soir, Solange vint me voir.

«Jacques, j'ai quitté Maurice.»

Je me tus.

«Je veux d'abord t'expliquer pourquoi je suis partie d'ici. Je me sentais coupable envers ma mère. En plus, tes parents étaient très gentils, rien à dire, mais j'étais à leur charge. Je ne travaillais pas et toi tu n'étais pas là. Quand tu rentrais, je trouvais ma présence légitime. Une fois que tu étais parti, je vivais à leurs dépens. Je suis allée voir ma mère. La mère de Maurice lui tenait compagnie. Je craignais une vague de reproches. Mais non. Elle m'a dit qu'elle était contente que je sois revenue, que Maurice ne demandait pas mieux.

– Il faut savoir où est ta place, Solange. Qu'est-ce que tu fais chez ces gens? Qu'est-ce que tu crois, devenir femme de médecin?

– J'ai pleuré comme une madeleine. Quand Maurice est rentré, il était si content de me revoir, il était amoureux. Je pouvais habiter chez eux, en attendant le mariage. Ils voulaient faire la fête en été, en même temps que le mariage de son frère pour réduire les frais. Elle allait continuer à s'occuper de ma mère, et moi je pourrais aller travailler. Elle allait adresser un mot à la Conserverie pour que je puisse avoir un poste. Elle m'a accompagnée. On m'a dit qu'il y avait une place au hall de réception du poisson. Sa mère a parlé à ma place. Elle a dit que j'étais d'accord et que ça m'arrangeait d'éviter la risée des filles.

C'est un travail difficile. On amène les bacs de poisson, on travaille dans le courant d'air, en permanence les pieds dans l'eau, les mains dans la glace. Le soir, je rentrais épuisée. Je suis tombée malade, un rhume puis une bronchite qui ne se terminait pas. Quand Maurice rentrait, il voulait que je sois à sa disposition pour faire l'amour. Un samedi soir, il est rentré à moitié ivre et il voulait me baiser. J'ai refusé parce que c'était la période dangereuse. Il m'a giflée et il m'a violée. Le matin, je suis restée au lit, les yeux ouverts. Sa mère lui parlait. Elle avait entendu crier. Elle lui disait qu'il fasse attention, tant que nous n'étions pas mariés, que je pouvais toujours partir. Il a répondu : "Pour partir où ? Je vais l'engrosser le plus vite possible. Elle sera obligée de se marier avec moi, personne ne voudra plus d'elle."

Je me rendais compte que j'étais coincée et je ne savais pas comment m'en sortir. À partir de ce moment, sa mère contrôlait toutes mes allées et venues. Puis Maurice a eu un accident : il a perdu un doigt dans un treuil. Il ne pouvait pas repartir en mer et était bloqué à la maison, il était infernal. Il tournait en rond comme un ours en cage. Il était mécontent de tout et dès que je rentrais, il me tombait dessus. Le soir il allait s'enivrer. Je ne le reconnaissais pas. La semaine passée, il est parti en mer. Le petit de sa belle-sœur est malade et j'ai pu échapper à la vigilance de sa mère. Je ne te demande pas si tu veux encore de moi. Ton père m'a dit que tu vas reprendre un cabinet. Emmène-moi avec toi, s'il te plait, il faut que je parte d'ici. Dans un premier temps, je peux t'aider à t'installer, mais je ne vais pas t'embêter.»

Je ne savais pas réagir.

«Reviens demain, je vais réfléchir.

– Merci déjà de m'avoir écoutée.»

Je ne dormis pas de la nuit. Je retournai ses paroles dans tous les sens. Le matin, François me raconta ce qu'il avait entendu dans le village. Maurice s'était vanté que Solange était revenue à genoux. Il l'avait acceptée, mais il allait la coincer à la maison, lui faire un môme au plus vite et, si elle se tenait au carreau, il allait la marier.

«J'ai vu Solange à la sortie du bus. J'ai voulu lui parler. Elle disait qu'elle n'avait pas le temps de traîner, qu'elle était contrôlée, qu'on lui avait interdit de parler à notre famille. Elle espérait que tu allais bien.»

Je savais qu'elle avait raconté la vérité et que j'allais l'emmener avec moi. Je me tâtais. Est-ce que je l'aimais? Est-ce que j'étais encore capable de l'aimer? Et puis j'ai arrêté de réfléchir.

Nous partîmes à Charlieu avec la voiture de mon père. Nous étions chargés à bloc. Maman avait ajouté des conserves et des confitures. Elle avait acheté à la dernière minute cinq chemises blanches, deux cravates, dix slips et une tonne de chaussettes. Heureusement que Solange avait très peu de bagages.

Nous ne parlâmes pas pendant le voyage. C'est long la route, quand on ne dit pas un mot. Arrivés à Bourges, nous nous sommes arrêtés pour manger en silence.

À Charlieu, nous nous retirâmes dans nos chambres respectives. Je commençai à travailler alors que Solange découvrait la ville et regardait les opportunités de travail.

Après une semaine, Édouard insista pour nous héberger.

«Ce n'est pas la peine de payer l'hôtel, j'ai assez de place chez moi. Votre femme peut préparer la chambre d'hôtes.

– Nous ne sommes pas mariés, Édouard.

– Arrête, Jacques, je t'aime bien, alors il ne faut pas me prendre pour un imbécile. Achète-lui un test de grossesse.»

Je saisis. Le soir nous nous couchâmes ensemble. Je lui dis ce qu'Édouard m'avait conseillé. Solange ne fit que pleurer.

«Promets-moi, Jacques, si je suis enceinte que tu m'aides à m'en débarrasser.»

J'essayai de la consoler dans mes bras. Je ne dormis pas de la nuit. Le test était positif. Elle pleura toutes les larmes de son corps. Je lui répétai que je ne savais pas l'aider.

«Solange, arrête maintenant. Avoir un bébé n'est pas la fin du monde.

— Je suis venue avec toi pour quitter le village et construire une vie ailleurs. Je ne pourrai rien faire avec un bébé.

— Solange, veux-tu m'épouser?

— Je ne veux pas que tu ruines ta vie par pitié!

— Je ne veux pas rater ma vie et je sens que c'est ça qui va arriver si je te laisse partir.

— Comment vas-tu pouvoir me pardonner?

— Je ne sais pas. Je me suis déjà cassé la tête là-dessus. Tout ce que je sais c'est que je te veux à mes côtés.

— Mais ce bébé n'est pas le tien?

— Si nous nous marions, je serai le père et personne d'autre. Qui le saura en dehors de nous? Tu ne m'as pas répondu. Si tu veux réfléchir…

— C'est tout réfléchi, Jacques, je t'aime.»

Nous nous mariâmes à Charlieu et Édouard était notre témoin et aussi notre seul invité.

Fin août je rentrai à la maison pour ramener la voiture à mon père. J'annonçai que je m'étais marié. Mon père me dit que c'était bien, à condition de ne pas l'avoir fait par pitié. Ma mère me regarda ébahie et puis elle me dit :

«Tu mérites mieux, Jacques.»

Et François cria :

«Félicitations, frérot!

— Tais-toi, imbécile, elle a fricoté pendant des mois avec ce Maurice.

— Mais il l'aime!

— Qu'est-ce que tu sais de la vie, toi…

— Maman, tes propos sont ignobles et tu le sais.»

Je chuchotai à mon frère :

«Je t'aime, frangin.»

Je me rendis à la banque pour avoir des informations pour un prêt. Le banquier me conseilla de me domicilier à Charlieu et de questionner les agences sur place. Il ne voyait aucune raison pour qu'un prêt ne soit pas accordé. C'est François qui me prêta l'argent pour m'acheter une petite voiture d'occasion. J'avais le sentiment que cette fois-ci, c'était une coupure définitive.

Mon père me souhaita bonne chance et ma mère pleura.

Le prêt pour payer la cession de la patientèle, le matériel médical et le bail fut accordé sans problèmes. Nous prîmes possession des lieux. Solange s'occupa des pièces à vivre, nettoya tout de haut en bas, et c'est nous qui hébergeâmes Édouard, en attendant qu'un petit appartement se libère dans une nouvelle bâtisse. Nous avions l'intention de travailler encore quelques mois ensemble pour qu'il puisse me présenter ses patients.

Il quitta la maison le premier novembre.

Chapitre 4

Le 6 décembre, Solange accoucha d'un beau garçon. Nous l'avons appelé Francis. Il était en bonne santé. Je m'inquiétais des comportements ambivalents de Solange. Pendant la grossesse, elle m'avait déjà annoncé qu'elle n'allait pas allaiter le bébé. J'ai dû m'y opposer fermement.

« Le lait maternel est le plus adapté et le moins cher.

– Ce bébé me fait penser à Maurice. Il n'est pas conçu dans l'amour.

– Ce bébé n'y peut rien et n'en sait rien. S'il te plait, Solange, ton rôle est de le chérir, mon rôle est de le protéger. Et c'est ce que je vais faire. »

Elle accepta.

Quand Francis eut trois mois, j'ai envoyé une photo à mes parents. Mon père m'écrit que maman s'était exclamée : « Ce bébé c'est Alain tout craché ».

Gagné.

Solange souffrait d'un stress dont l'intensité variait selon les jours. Je ne me sentais pas de taille à faire autre chose que la calmer et la consoler. Mais je m'apercevais que ça ne suffisait pas.

Le cabinet marchait bien. J'appris à Solange à m'aider. Nous avons rapidement formé une équipe. Le matin nous nous levions à la même heure. Solange lavait la salle d'attente. Je rangeais. Je mettais l'autoclave en route. Solange désinfectait la table et les chaises. Je déjeunais pendant qu'elle s'occupait de Francis. Pour chaque intervention où deux mains ne suffisaient pas, elle m'aidait, vêtue d'un tablier d'un blanc impeccable. Nous étions rodés.

Fin mars, la saison de grippe terminée, nous sortions souvent le week-end. Nous faisions de grandes promenades. Solange avait confectionné un sac que je portais sur le dos dans lequel Francis était installé.

Je reçus une lettre de François avec un faire-part pour son mariage en juillet. Je l'ai appelé pour le féliciter. J'ajoutai qu'il serait très difficile pour moi de venir. J'étais toujours débordé durant l'été.

«Mais je te veux comme témoin, frérot.

– Ce sera un aller-retour alors, probablement seul. C'est trop difficile avec un bébé.»

C'était une excuse pour ne pas obliger Solange à affronter ma famille et peut-être des villageois en sortant de l'église. Tout le monde trouva dommage que je n'avais pas amené femme et enfant.

L'été se passa bien.

À la Saint-Nicolas, on mit une bougie sur le gâteau de Francis. Nous avions invité Édouard.

«J'ai l'impression que c'est moi le messager des bonnes nouvelles. Je dois avertir Solange qu'elle doit faire un test de grossesse.

– Vous rigolez? Solange?

– Mes règles sont très irrégulières...

– Tu n'as encore rien remarqué, monsieur le docteur?»

Édouard ria. Le test était positif.

Florence est née en juillet. Solange était toute contente.

Et puis les problèmes ont commencé. Francis tournait autour du berceau. Solange était paranoïaque, elle le surveillait et l'écartait rudement. Quand il commençait à pleurer, elle criait. Je me suis fâché quelques fois. Solange sanglotait tout de suite. Assez vite, je la consolais.

Solange gâtait excessivement notre fille. En grandissant, Florence comprit que sa mère tolérait tout et que quand elle se disputait avec Francis, sa mère lui donnait automatiquement raison. Francis était à sa merci.

Un dimanche je suis sorti avec les enfants. Solange était restée à la maison pour bricoler un peu dans le jardin. Ils jouaient avec le ballon et à un moment donné, se disputèrent. Elle l'a tiré par les cheveux. Quand je l'ai réprimandée, elle lui a donné un coup de pied, en me regardant droit dans les yeux. Elle a reçu une fessée. Ce fut une des rares fois où j'ai corrigé un de mes gosses. Elle a hurlé. Dès qu'on est rentrés et qu'elle a vu sa mère, elle a recommencé à hurler. Elle hoquetait en disant que je l'avais frappée et que je n'avais pas le droit. Solange me regardait de travers.

Dès que les enfants furent au lit, Solange attaqua.

«Pourquoi as-tu frappé Florence? Elle en est toute retournée. Je ne parvenais pas à la consoler.

— Je t'ai déjà expliqué pourquoi et je répète qu'elle l'a mérité. Comme tu lui donnes toujours raison, elle croit tout pouvoir se permettre.

— Tu sais bien que Francis est un enfant vicieux...

— Il n'est pas vicieux. Il est fort physiquement et il peut faire mal. Mais il est souvent injustement puni parce que tu ne prends pas la peine de regarder plus loin.

— Parce qu'elle est encore petite.

— Elle ne restera pas petite. Jusqu'ici, je t'ai toujours laissé la gestion des enfants, mais je vois que tu traites Francis comme ton souffre-douleur et Florence comme une princesse. Tu dois apprendre à notre fille à se comporter différemment. C'est d'ailleurs ce que je compte faire quand je serai là.»

Une fois, alors qu'on était à table, notre moulin à paroles parlait de sa copine Salomé.

«C'est ta meilleure copine, maintenant, demanda Solange, et Anaïs?

— Anaïs est une pute.

— Ah bon.

— Oui, c'est Salomé qui me l'a dit.»

Et puis elle enchaîna avec une autre histoire.

Après le repas j'interpellai Florence :

«Tu as dit qu'Anaïs est une pute, tu sais ce que ça veut dire?

— C'est une fille qui n'est pas bien.

— Florence, ça fait partie des mots que je ne veux plus t'entendre dire.

— Ce n'est pas un gros mot, comme merde ou fuck...

— Arrête, Florence, c'est un mot qui sert à insulter. Donc plus de pute, ni de putain, ni de connasse ou connard, d'accord?»

Une fois seuls, je dis à Solange que son absence de réaction m'avait surpris.

«Je n'ai pas fait attention, sans doute.

– Si, tu as souri.

– Tu peux arrêter de m'épier?

– Je peux exprimer mon étonnement. Surtout qu'il y a peu de temps, Francis a crié "putain" car il ne savait pas nouer ses lacets. Tu lui es tombée dessus comme une tigresse et tu lui as donné une raclée. Je veux au moins que tu réagisses quand Florence sort des mots pareils.»

Un soir, à mon retour, je trouvai Francis dans le coin. Il s'était endormi. Je le réveillai.

«Francis, qu'est-ce que tu fais encore ici?

– Maman m'a interdit de sortir...

– Mais tu as fait pipi...

– Je ne pouvais pas me retenir.

– Allez, mon grand, on va nettoyer ça.»

Nous sommes allés à la salle de bain. Solange était en train de se sécher les cheveux.

«Tu peux nous laisser la place?»

Piquée, elle sortit. J'aidai Francis à se déshabiller et à se laver.

«Tu viens manger un bout avec moi?

– Oui, papa.»

Solange descendit et quand elle nous vit, elle remonta aussitôt. Je bordai Francis et j'allai la trouver.

«Francis était encore au coin à 9 heures et il avait fait pipi dans sa culotte. Combien de temps y est-il resté?

– Je ne sais pas exactement, je dois utiliser un chronomètre?

– Ne raconte pas de bêtises. Tu sais exactement ce que je veux dire.

– Je l'ai oublié, voilà, content?

– Pas content du tout!»

Je claquai la porte de la chambre.

Le lendemain, Florence l'a traité de sale garçon,

24

«Tu fais encore pipi dans ta culotte»

Je lançai un regard irrité à Solange.

«Ne me regarde pas comme ça, je n'ai rien dit. Il y a quelques jours, il est resté à table pour finir son assiette et il a fait pipi. Tu vois, toi qui sais toujours tout, ce n'est pas la première fois. Il le fait exprès.

– Combien de temps l'as-tu laissé à table ? Tu l'avais oublié, comme hier ?»

Je partis en colère.

Le soir, Solange m'attendait. Elle n'avait pas digéré mes reproches.

«Tu aimes bien étaler ta supériorité, n'est-ce pas ? Toi, qui as fait des études, tu donnes des leçons à ta femme qui ne sait faire que du travail manuel.

– Tu comptes détourner mes remarques dans ce sens, ou est-ce la contre-attaque qui te sert de défense ? Tu sais bien que ça n'a rien à voir. D'abord je ne t'ai jamais traitée comme une bonne et je t'ai épousée en connaissance de cause. Tu sais exactement ce qui ne me plaît pas ou plutôt ce qui me chagrine.»

Je retournai dans le cabinet pour mettre un peu d'ordre. Je la laissai seule le soir pour dormir dans l'ancienne chambre d'Édouard. Je fermai la porte à clé. Cette fois-ci j'avais l'intention de persévérer. Les jours passaient, et je voyais augmenter le stress chez Solange. Je l'avais déjà entendue frapper à la porte, mais je n'avais pas réagi. Le vendredi, elle me retint, en larmes.

«Ne me laisse pas seule, Jacques. Je ne supporte plus cette froideur. Je sais que je suis en faute, mais j'étais trop inquiète pour la petite. Peut-être que j'ai été injuste envers Francis…

– Pas peut-être, Solange.

– Je le reconnais.

– Je ne sais pas si tu en es consciente, ou si tu me dis cela pour m'amadouer. Il faut que tu saches que je ne vais plus le tolérer.

– Oui, j'ai compris.»

Le soir nous nous couchâmes ensemble. Elle se blottit contre moi. Je me demandais quelle décision prendre quand mon attention faiblirait et qu'elle glisserait dans ses vieilles habitudes.

Durant cette période j'avais une patiente, mère de cinq enfants, atteinte d'un cancer de l'utérus. Le mari était menuisier indépendant, très occupé par son travail. Elle avait déjà subi une hystérectomie mais le mal s'était généralisé. Elle connaissait le déroulement de la maladie et savait que les traitements qu'elle recevait n'allaient l'aider que temporairement. Je me sentais impuissant. Tout ce que je savais faire, c'était gérer sa douleur le mieux possible. J'allais la voir tous les jours. Les médicaments que je lui administrais ne nécessitaient plus une hospitalisation. Elle était rentrée pour s'éteindre doucement. Elle me parlait de ses soucis, surtout pour les deux derniers, de quatre et six ans. Ce cas m'avait rendu silencieux.

« Qu'est-ce que j'ai encore fait pour que tu ne me parles pas ?

– Je ne suis pas fâché, je suis abattu.»

Faisant abstraction du secret professionnel, j'ai expliqué la situation.

«Peut-être qu'on peut l'aider avec les enfants? Je peux m'occuper des petits si elle le veut bien.

– C'est généreux de ta part mais les gens ont leur fierté. Ils ne sont pas prêts à accepter que le médecin s'occupe de leurs enfants. Ce sont des gens simples.

– Je peux aller la voir. Je suis ta femme, mais je suis aussi sans façon.

– Je veux d'abord lui en parler.»

La dame accepta de voir Solange. Et apparemment la conversation se déroula bien.

Le lendemain, quand je suis arrivé, le mari était là.

«Monsieur le docteur, vous comprenez, nous ne pouvons pas accepter votre aide. Les aînés ont 11 et 12 ans. Nous allons nous débrouiller. Quand ma femme se portera un peu mieux, ça sera plus facile.»

Elle cria :

«Je vais mourir !

– C'est vrai, docteur ?

– Je ne peux malheureusement pas garantir sa guérison.»

L'homme commença à soupirer. Je poursuivis.

«Si elle guérit, ça ne sera pas pour demain. Il faudra beaucoup de temps avant qu'elle puisse à nouveau s'occuper de son ménage.

– Laisse la dame nous aider avec les petits. Je serai plus tranquille. Elle dit qu'elle peut les récupérer à l'école, elle y va pour son fils et sa fille, qu'elle peut leur donner à manger et si c'est nécessaire, ils peuvent dormir chez elle, enfin chez vous, docteur.

– Tout à fait, mon fils sera heureux d'avoir des copains.

– D'accord, mais uniquement tant que ma femme restera alitée. Merci docteur.»

Nous avions donc quatre enfants à la maison. Florence devait partager l'attention de sa mère et Francis n'était plus dans le collimateur.

La mère décéda six mois plus tard. Le père était dévasté. Il perdait courage. Les enfants sont restés chez nous pendant toute l'école primaire.

La vie était agréable. Solange était prise par ce grand ménage et était joyeuse. Nous étions même retournés chez mes parents. Elle n'appréhendait plus de retourner au village. Il y avait presque 8 ans qu'elle n'avait plus vu sa mère. Mes parents m'avaient tenu au courant. Quand je voulais donner des nouvelles de sa mère à Solange, elle m'interrompait tout de suite et disait qu'elle ne voulait rien savoir. Il y avait les mauvais souvenirs, mais sans doute aussi des sentiments de culpabilité qui la rongeaient.

Sa mère était toujours vivante. Mais elle vivotait. La voisine lui amenait à manger. Elle ne pouvait plus se déplacer et ne pouvait donc plus faire sa réserve de vin rouge. Elle se sevra par nécessité. Pour le reste, sa santé était mauvaise. Son corps portait les séquelles d'une consommation régulière d'alcool frelaté. Nous sommes allés la voir. Elle était dans un état pitoyable. Je voulais l'amener dans une maison de retraite pour qu'elle reçoive au moins les soins nécessaires. Nous n'avions pas beaucoup de temps pour réfléchir, car nous ne restions qu'une semaine. Solange se faisait des soucis sur l'aspect financier. Pour moi, c'était tout décidé. J'ai «forcé son entrée» dans une maison de retraite près de Vannes.

Nous avons rendu visite à mes frères. Ils n'avaient pas encore vu mes enfants. Entretemps, Francis avait sept ans et Florence en avait cinq. François n'avait pas d'enfants et répéta je ne sais combien de fois que les enfants étaient toujours les bienvenus pendant les vacances, la période la plus chargée pour moi.

Ma mère et Solange laissèrent couler leurs larmes quand nous partîmes.

Les enfants avaient hâte de retrouver leurs deux petits copains.

Cette accalmie ne dura pas.

À 11 ans, Francis entra au collège. Il avait du mal à s'adapter aux changements de professeurs. Il avait perdu la référence d'un seul instituteur. La première semaine, il revint avec deux remarques d'absence dans son cahier de correspondance. Solange réagit avec véhémence et le soupçonnait d'avoir quitté l'école. Francis commença à pleurer parce qu'il ne savait pas s'expliquer. Elle l'envoya au lit sans souper. Quand je suis rentré, Florence était prête à aller se coucher. Elle lâcha le morceau. Je jetai un regard interrogateur à Solange.

« Regarde son cahier de correspondance. Il se fout de notre tête, au lieu d'aller à l'école, il va jouer, je ne sais pas où, il n'a pas voulu le dire. »

Je suis allé le voir. Dès qu'il m'a vu, il a recommencé à pleurer.

« Francis, je ne viens pas te punir, je veux savoir ce qui s'est passé. Explique-moi. Mouche-toi d'abord.

— C'est une grande école et je ne sais pas dans quelle classe je dois aller.

— Tu sais dans quelle classe tu as cours quand même ?

— Oui, mais géographie est dans un autre local et travaux pratiques aussi.

— Comment font les autres ?

— Je ne sais pas. J'ai cherché ma nouvelle veste dans le couloir et j'avais peur de ne pas la retrouver. Et entretemps ils étaient tous partis et je ne les ai plus vus.

— Qu'est-ce que tu as fait alors ?

— Je me suis caché.

– Tu as deux remarques, la deuxième fois c'était quoi ?

– On était plusieurs à arriver trop tard à l'atelier pratique. Le professeur a pensé qu'on l'avait fait exprès, mais ce n'était pas vrai. Il était fâché et il a écrit une remarque dans tous les cahiers.

– Maintenant tu sais où tu dois te rendre pour les leçons ?

– Oui, papa.

– Donc je ne vais plus voir de remarques ?

– Non, papa. Mais… j'ai oublié un livre et je ne peux pas faire mon devoir pour demain. Maman sera encore très fâchée.

– Voyons, Francis. Là tu exagères. Il faut faire des efforts, tu n'es plus à la petite école. Tu n'as pas faim, Francis ?

– Non.

– On verra demain. Dors, gamin. »

Je rejoignis Solange dans la salle à manger.

« Ça t'a pris longtemps. Ton souper sera encore froid.

– Il faut prendre son temps pour savoir ce qui s'est passé, au lieu de vociférer des accusations.

– Alors, qu'est-ce qu'il a inventé ? »

Elle criait, indignée parce que je l'avais soupçonnée d'injustice.

À partir de là, nous nous disputions si souvent que les soirées étaient désagréables. Comme les deux enfants étaient retournés chez eux, nos enfants étaient sous la vigilance permanente de Solange.

Et avec le temps, quelque chose d'inattendu se produisit. Vers l'âge de 12, 13 ans, Florence se rapprochait de plus en plus de son frère. À tel point qu'un jour elle hurla à sa mère :

« Tu dois laisser mon frère tranquille et tu ne peux plus jamais le frapper, ou je vais tout dire à papa. »

Solange était bouche bée et les envoya tous les deux au lit. J'avais l'habitude d'aller voir les enfants pour leur souhaiter bonne nuit.

Quand je suis rentré après les consultations, Solange me dit tout de suite qu'ils étaient punis tous les deux et qu'ils ne méritaient pas que je passe les voir.

« J'ai l'habitude de le faire, Solange. »

Je montai donc les voir.

«Ça va, Francis?

– Oui, papa.

– Dors bien, mon garçon.»

Dès que je suis rentré dans la chambre de Florence, elle sortit son histoire.

«Tu n'as pas le droit de parler ainsi à ta mère.

– Je m'en fiche. J'ai raison. Elle frappe toujours Francis. Elle ne l'aime pas, mais moi j'aime mon frère.

– C'est bien que tu l'aimes, mais tu dois être plus polie.»

Mon plat m'attendait. Solange s'assit en face de moi.

«Je t'ai demandé de ne pas aller les voir. Tu sapes mon autorité. Qu'est-ce que tu attends pour me critiquer devant eux et m'humilier?

– Je me demande pourquoi tu te mets dans cet état. Je n'ai plus le droit de dire bonsoir aux enfants?

– De toute façon, c'est pour savoir ce que j'ai encore fait de travers.

– Tu me fais un procès d'intention maintenant?

– Parce que je sais comment tu es.

– Alors explique-moi.

– Tu préfères pactiser avec les enfants au lieu de me soutenir. Mon fils est un vicieux, mais à tes yeux, c'est le petit Jésus. Et ma fille est devenue une garce, pleine d'insolence. Tu n'es pas un père pour les enfants, tu fais copain-copain avec eux. Avec Maurice, ça aurait été différent, lui au moins il n'était pas faible.

– Je me demande pourquoi tu l'as quitté alors, il y a au moins 15 ans. Corrige-moi si j'ai des trous de mémoire, mais ne l'as-tu pas quitté parce qu'il avait demandé à sa mère de t'enfermer? Parce qu'il t'avait donné une raclée? Parce qu'il t'avait violée pour t'engrosser?

– Je savais que tu allais sortir cela. C'est pour m'humilier.

– Il ne faut pas inverser les rôles, Solange, j'ai cru entendre que je suis un faible parce que je refuse de frapper les enfants. Je suis sûr que Maurice n'est pas si regardant. Il faudra faire avec ton faible. Il y a une chose pour laquelle je ne le serai certainement pas, je ne vais pas tolérer que tu frappes ou tu punisses les enfants pour une pacotille. Voilà.»

Je me levai de table si rapidement que ma chaise tomba. Je sortis prendre l'air. Sous les étoiles, je sentis que notre couple entrait dans une période difficile.

Je me suis à nouveau cloisonné dans la chambre d'hôtes. Et j'y restais, deux semaines cette fois-ci. Je savais que Solange n'allait pas tenir le coup. Et je me demandais en même temps si je serais plus avancé. Elle me pria de lui parler à nouveau.

«Je n'aurais pas dû parler de Maurice.

– Solange, tu n'as toujours pas compris. Je me fous de Maurice.

– Moi aussi. Je ne veux pas de Maurice. Je ne regrette pas de m'être mariée avec toi. Je t'aime, Jacques.

– Je ne cherche pas à entendre une déclaration d'amour. Je sais que tu étais fâchée quand tu as mis Maurice sur le tapis. Ce n'est pas la question.

– Mais qu'est-ce que tu veux de plus? Ça ne te suffit pas si je m'excuse pour ce que je t'ai reproché?

– Je crois que j'ai été très clair : je veux que tu changes ton comportement envers les enfants.»

Pour son quatorzième anniversaire, Francis reçut un nouveau vélo. Il était très fier de son engin. Il voulait le prendre pour aller à l'école. Solange était contre. Je dis à Francis qu'il fallait attendre le beau temps et puis qu'on verrait à ce moment-là.

Le premier jour où il partit à l'école avec son vélo, il reçut une liste de consignes de sa mère.

Dans la même semaine, il revint de l'école avec sa bicyclette et la laissa dehors, posée contre la façade. Quand elle entra avec les courses, elle vit le vélo et appela son fils. Francis sortit du cabinet de toilette. Elle le frappa et l'envoya dans sa chambre sans souper.

Je suis rentré vers neuf heures. J'ai fait mon tour. Je suis allé voir Florence et pipelette comme elle est, elle m'a tout raconté.

«Maman a frappé mon frère, très, très fort et puis j'ai eu droit à deux desserts.»

Je suis allé voir Francis. Il ne dormait pas.

«Ça va, Francis?

– J'ai soif, papa.

– Descends avec moi, on va manger ensemble.

– Qu'est-ce qu'il fait ici? lança Solange.

– Il va manger, Solange. Tu bois du lait, Francis? N'exagère pas, tu ne pourras plus manger.

– Il exagère toujours. Il boirait facilement un litre par jour. Et moi je dois tout porter.

– Samedi, j'irai chercher des briques de lait. Si tu n'avais pas refusé d'apprendre à conduire, ce serait plus facile aujourd'hui. Mange, Francis.»

Solange attendit que je sois seul avec elle.

«Tu ne vas jamais changer. Tu aimes m'humilier et tu le fais devant les enfants. Tu dis que je suis incapable d'apprendre à conduire...

– J'ai dit ça? Tu retournes mes propos pour avoir raison. À partir de maintenant, je ne veux plus que tu envoies Francis au lit sans manger. Il est en pleine croissance et il a besoin de ses repas. Et hors de question de rationner le lait.

– À l'avenir, tout ce que je dirai n'aura aucun effet.

– Je suis sûr que tu es suffisamment ingénieuse pour trouver autre chose. Le priver de dessert par exemple et donner sa part à Florence en sa présence.»

Nous entrâmes dans une guerre froide.

Solange me proposa d'envoyer Francis en colonie de vacances. Je refusai.

«Je vais les envoyer chez mon frère. Il ne demande pas mieux. Ils seront près de la mer, ça va les changer. Ça te permettra de souffler. On peut aller les chercher une semaine avant qu'ils reprennent l'école et ça nous fera un peu de repos.»

Solange ne réagit même pas.

Ces vacances furent un vrai succès. Les enfants adorèrent. Mon frère et sa femme faisaient des pieds et des mains pour leur faire plaisir. Et ça permettait à mes parents de les voir de temps en temps.

Ils revinrent à la maison, joyeux et bronzés.

Solange interrogea le frère et la sœur pour savoir ce qu'ils avaient fait, avec qui ils étaient sortis. Ces questions les embêtaient. Ils donnèrent des réponses assez vagues, ennuyés par sa curiosité. Francis se contentait de faire l'ignare. Florence se gênait moins.

Chapitre 5

L'été des seize ans de Florence, les enfants passaient leurs vacances comme d'habitude chez mon frère. La semaine où on était là, nous dormions tous chez mes parents, ce qui ne plaisait pas particulièrement à Florence, mais Solange l'avait exigé.

Nous étions là depuis deux jours. Florence était sortie et n'était pas rentrée à l'heure. Francis était revenu plus tôt. Solange n'appréciait pas qu'ils ne soient pas restés ensemble. Vers minuit, Florence frappa à la porte. J'étais dans la salle de bain quand j'entendis crier, Solange était en colère et Florence hurlait en sanglotant.

La scène était assez ahurissante. Ma fille était sale, mouillée et les pieds nus. Ses joues étaient rouges des gifles que Solange lui avait administrées. Elle sentait mauvais, une odeur que j'identifiais comme de l'urine.

« Assez, Solange, on lui a fait pipi dessus. Je vais remplir la baignoire. Aide-la à enlever ses vêtements. On en reparlera demain. »

Le matin je l'entendis vociférer :

« Qu'est-ce que tu fais ici ? Sors de ce lit tout de suite. Tu aurais mieux fait de rester avec ta sœur hier soir, il ne lui serait pas arrivé un truc si honteux.

— Arrête, maman, dit Florence, c'est moi qui lui ai demandé de venir à côté de moi, d'ailleurs il est au-dessus de la couette. Et c'est aussi moi qui l'ai renvoyé hier. Laisse-nous tranquilles.

— Ton insolence commence à m'énerver, Florence. Sors du lit. Tu vas m'expliquer ce qui s'est passé hier !

— J'arrive.

— Maintenant !

— Tu n'as pas besoin de me tirer les cheveux, tu me fais mal !

— Et toi, est-ce que je t'ai dit de venir ? Du vent, Francis. Alors ? Tu as fait la pute et après tu t'es fait violer, c'est ça ?

— Figure-toi que j'ai fait l'amour avec quelqu'un que j'aime ! »

Solange l'attrapa. Florence hurlait. Solange était hystérique et Francis ouvrit la porte pour tenter de calmer sa mère.

«Maman, s'il te plait, arrête…

– Et toi, attention…»

Elle prit une chaise et l'abattit sur son fils qui se protégeait avec le bras. C'est en entendant tout ce fracas que je suis entré dans la cuisine. Je maintins Solange contre moi.

«Calme-toi, Solange.

– Ta fille est une pute! Elle a baisé avec un gars cette nuit!

– On va voir ça, calmement.»

Elle commença à sangloter et s'affaissa.

«Repose-toi maintenant, je vais m'en occuper. Je vais te donner un calmant, viens.»

Elle se laissa guider.

Francis était dans la cuisine et tenait son bras.

«Montre ton bras, Francis. Heureusement, tu n'as rien de cassé. Ce sont des ecchymoses. Je vais te donner une pommade. À nous, Florence.

– Ma mère est folle. Elle l'a frappé avec la chaise.

– Ça suffit. C'est quoi cette histoire?

– Hier soir je me suis cachée avec Jojo dans une calanque et puis on a fait l'amour.

– Protégé?

– Jojo avait pris un préservatif.

– Ce Jojo, c'est qui?

– C'est un gars du village. Son père est marin. Il s'appelle Maurice et sa mère Josée. Je n'en sais pas plus.»

Je soupirai.

«Et alors?

– Ses frères nous ont trouvés. Ils étaient deux. Un des deux m'a pissé dessus et l'autre a tabassé Jojo. Et Jojo m'a crié de m'en aller au plus vite. Je te jure que c'était la première fois. C'est parce qu'on ne va plus se voir… Papa, ne sois pas fâché, j'aime Jojo…

– Quelle situation de merde, Florence. Je vais aller voir Jojo.

– Non, papa, n'y va pas, j'étais d'accord.

– J'ai compris.»

Ils habitaient toujours au même endroit.

«Bonjour, Josée. Je suis Jacques. Ton fils Jojo est là?

— Je sais qui tu es et je sais aussi ce qui est arrivé à ta fille. Mon fils est dehors.»

Elle est sortie et je l'ai suivie. Le garçon était en train de tailler du bois avec une grande hache. Son visage était tuméfié.

«Regarde Jojo, tu veux en rajouter?

— Je ne suis pas venu pour battre ton fils. Je sais qu'ils se sont cachés pour faire l'amour et que ma fille était d'accord. Je viens pour te dire qu'un des deux frères lui a pissé dessus.

— Je vais en parler ce soir quand il rentrera. Maurice revient demain. Il va s'en occuper.

— Essaie de le calmer, Josée. Ils étaient deux et Florence ne m'a pas dit le nom de celui qui l'a fait.

— Je vais faire mon possible, mais quand Maurice est lancé... Toi tu es un brave, Solange a de la chance. Merci, Jacques.»

En rentrant, Florence m'attendait.

«Tu as vu Jojo, papa?

— Oui.

— Et alors?

— Rien, je ne lui ai pas parlé. J'ai dit à sa mère qu'elle s'adresse au garçon qui t'avait fait pipi dessus.

— Tu as vu qu'il a reçu des coups?

— Oui. Il faut qu'on discute sérieusement, Florence. Je suis déçu de toi. Je croyais que je pouvais te faire confiance.

— Mais je voulais en parler et on n'avait pas l'intention...

— Ne mens pas. De un, je ne crois pas que tu m'en aurais parlé et de deux, vous vous y étiez préparés puisque Jojo avait pris un préservatif. Ce n'était pas pour protéger son doigt. Je ne veux plus que tu sortes, et cela pendant un mois.

— Mais, papa, je veux lui dire au revoir avant qu'on parte.

— Je crois que tu as pris amplement le temps de lui dire adieu.»

Le soir, alors que nous mangions tous ensemble. Solange dit qu'elle n'avait pas très faim. Dès que Florence ouvrit la bouche, je lui dis de la fermer et l'envoyai dans la chambre.

Ma mère s'exclama :

«Jacques, tu as vu le bleu sur le bras de Francis?

– Oui, j'ai vu.

– Pas grave», répondit l'intéressé.

Solange resta silencieuse.

La semaine suivante, Francis commença à travailler chez un électricien. Il était embauché pour tirer des câbles dans un grand bâtiment. La construction n'était pas finie. Les étages étaient sales et ouverts à tous les vents. Quand il rentrait le soir, il prenait une douche et mettait sa salopette au lavage. Il commit l'erreur de demander où il pouvait en trouver une propre. Là-dessus, Solange réagit comme piquée par un frelon, lui lançant qu'elle n'est pas sa bonne, que ce n'est pas parce qu'il travaille qu'il doit se conduire en prince à la maison et surtout, qu'il peut arrêter de faire le fainéant. Francis se cloîtra dans le silence. Encore une fois, ce fut Florence qui me rapporta l'affaire.

«Maman est hystérique. Elle l'insulte et elle est insupportable.»

Je promis de lui en parler. Mais je ne le fis pas. C'était de toute façon la même rengaine.

Je demandai alors à Francis de mettre son linge lui-même à la machine pour éviter les discussions. Il répondit «d'accord» et ajouta qu'il épargnait de l'argent pour louer un petit appartement, qu'il voyait que sa présence gênait sa mère et qu'il ne voulait pas me mettre en porte-à-faux.

J'étais étonné, sans l'être.

«Je suis désolé, mon grand. Je n'y peux pas grand-chose.

– Je sais, papa.

– Maintenant si tu as besoin d'argent, je peux t'en donner.

– Merci, papa. Je vais rester jusqu'à ce que Florence ait son bac. On ne sait jamais. Ça risque de faire des vagues.

– C'est bien. Pour l'argent, tu me dis quand tu en as besoin et combien, d'accord?

– Je vais peut-être partager le loyer avec une fille.

– Que tu fréquentes? Depuis combien de temps?

– Depuis peu…

– Alors il ne faut pas se mettre ensemble, il faut prendre le temps de faire connaissance.»

Florence obtint son bac sans problèmes.

Francis lui dit qu'il avait trouvé un appartement qui se libérait après les vacances. Il me raconta ce qui se passa après. Il avait eu raison de penser que cette annonce allait faire des vagues.

Florence cria :

«Je ne veux pas que tu partes. Tu connais quelqu'un?

– Non, je vais me débrouiller.

– Ne fais pas ça, Francis, ne me laisse pas seule!

– Tu seras à la fac, tu ne seras pas là. Pendant le week-end tu pourras venir me voir.

– Papa sera triste.

– Je lui en ai déjà parlé.

– Il devra tout faire tout seul. Maintenant tu manges le soir avec papa?

– Papa va me manquer. Viens ici, contre moi.»

Solange entra dans la cuisine.

«C'est le grand amour?

– Tu sais qu'il va déménager?

– C'est bon à savoir.

– Tu ne veux pas le retenir?

– Pourquoi? Sans doute qu'il connaît quelqu'un qu'il fréquente déjà en cachette? Ça ne m'étonnerait pas. Il ne va certainement pas partir s'il n'a pas encore trouvé quelqu'un pour faire son ménage…

– Tu n'as pas honte de parler comme ça?

– Et toi, tu n'as pas honte de ton impertinence envers ta mère?

– En septembre je vais partir à Lyon et je ne vais plus venir te voir.

– Qu'est-ce que je t'ai fait?

– Tu es une méchante femme et je ne t'aime plus. Tu vas mourir toute seule. Parce que quand on sera partis tous les deux, papa n'aura plus de raison de rester avec toi!»

Florence sortit.

Solange était dévastée.

Le soir quand je rentrais, je trouvai Solange dans son bain. Elle s'était ouvert les veines.

J'appelai Francis pour m'aider. Je fermai les blessures et bandai les poignets.

« Maman va mourir ?

— Non, mais tu dois encore m'aider, je vais lui transfuser du sang. »

J'installai le cathéter et je laissai couler mon sang jusqu'à ce qu'elle reprenne un peu de couleurs. Elle se réveilla. Elle me chuchota :

« Pourquoi ne m'as-tu pas laissée partir ? Ma fille ne m'aime plus, toi tu ne m'aimes plus…

— Calme-toi, Solange, tu dois reprendre des forces.

— Francis, peux-tu me chercher une bouteille de Vittel, j'ai la tête qui tourne.

— Florence a dit que tu allais me quitter…

— Florence ne doit pas dire ce qu'elle ne sait pas. Tu ne dois pas pleurer, Solange, je suis là et je reste avec toi. »

Je lui donnai un calmant et nous changeâmes les draps et lavâmes la salle de bain. Puis je descendis pour attendre ma fille.

« Papa, Florence était fâchée. Elle l'a dit sans réfléchir.

— Ne t'occupe pas de ça, Francis, va te coucher, mon garçon. Demain tu travailles. Merci pour ton aide. Tu as été courageux. »

Florence arriva à minuit.

« Tu n'es pas encore couché ? Je suis fatiguée, je monte. Papa, tu t'es fait mal ? Tu as du sang sur ta chemise.

— Assieds-toi et tais-toi. Qu'est-ce que tu as dit à ta mère ?

— Elle a dit… »

Je tapai sur la table.

« Je te demande ce que *toi* tu as dit ! Et je veux entendre la vérité !

— J'ai dit que si Francis partait de la maison à cause de sa méchanceté, en septembre je partirais pour Lyon et que je n'allais plus jamais venir la voir… »

Florence marqua une pause.

« Et le reste ?

— J'ai dit que je ne l'aimais plus…

— Tu peux continuer ou je dois t'aider ?

39

– J'ai dit que quand on serait partis tous les deux, tu allais sans
doute la quitter aussi...»

J'étais rouge de colère. Je la giflai.

«Tu es inconsciente et je veux que ça change! Ce soir, ta
mère s'est ouvert les veines dans sa baignoire. J'ai eu la chance de
la trouver à temps et de pouvoir la sauver. Tu es allée trop loin.
Je vais réfléchir et entretemps tu es confinée. Demain, tu vas te
lever avec moi et préparer le déjeuner de maman. Va te coucher
maintenant.»

J'installai le lit pliable dans la chambre pour la surveiller.
Elle dormait paisiblement. Je ne fermai pas l'œil de la nuit. Je
réfléchissais à la manière de gérer cette situation. Je connaissais ma fille et je savais qu'elle avait réagi au départ de Francis.
Elle était consciente que sa mère était carrément méchante envers son frère.

Mais elle allait trop loin. Sa mère l'avait toujours aimée et elle
lui devait du respect. Je me demandais si j'allais annuler ses vacances à la mer. Je pouvais aussi remettre son départ à plus tard en
la laissant dans l'ignorance sur la date. J'optai pour cette solution.

Le lendemain je lui laissai préparer le petit déjeuner pour
Solange : un litre de thé, deux œufs à la coque, du pain et du beurre.

«C'est un déjeuner à l'anglaise?

– Tais-toi et fais ce que je te dis. À midi je ramène de la viande.
Tu éplucheras les pommes de terre. Elle doit reprendre des forces.»

Elle soupira.

Le soir, Solange couchée, j'annonçai ma décision à Florence.

«Aux grands maux, les grands remèdes. Je te dirai quand tu
pourras partir à la mer. Ta mission est d'aider et soutenir ta mère.
Tu restes avec elle pendant la journée. Et pas de télé.»

Elle resta à la maison pendant trois semaines, au début contre
son gré, sans oser le montrer ouvertement. Après dix jours elle
vint me demander si elle pouvait partir. Sa mère était d'accord.

Je restai intransigeant.

Solange se rétablissait doucement. Elle parlait peu. Elle prenait des calmants et des somnifères. Je déménageai le lit pliable
dans l'autre chambre.

L'été était très chargé, comme toujours.

Pour notre couple, ces mois étaient calmes. Je parlai de la tentative de suicide de Solange à un collègue médecin. Il me conseilla sur la posologie et me remit la carte d'une psychologue.

«C'est une femme, ça rendra peut-être les choses plus faciles pour elle.»

Solange ne voulut pas y aller.

Francis était à la maison et il faisait beaucoup d'heures supplémentaires. Il rentrait tard, comme moi.

La dernière semaine d'août, nous partîmes chez mes parents. Florence était chez François. Il me prit à part.

«Florence a passé deux fois la nuit dehors. La première fois, je me suis fortement inquiété. Jenny n'a pas dormi de la nuit. J'ai fait le tour du village, j'ai regardé sur la plage, je ne l'ai pas trouvée. Le matin j'ai averti la police. Ils m'ont envoyé sur les roses. Pour eux, c'était beaucoup trop tôt pour paniquer. Elle est arrivée à la maison vers 7 heures. Je lui ai expliqué que je l'avais cherchée toute la nuit, que Jenny avait paniqué, que j'avais même appelé la police. Elle a pleurniché et puis elle m'a supplié de ne rien te dire. J'étais d'accord à condition que ça s'arrête là. Elle a promis que ça ne se passerait plus. Avant-hier, elle a refait le coup.»

Le soir, nous rentrâmes tous chez mes parents. Solange alla se coucher rapidement.

J'emmenai Florence prendre l'air. Je l'attaquai tout de suite et elle contre-attaqua : François avait rapporté alors qu'il avait promis de laisser passer. J'avais envie de la gifler.

«Tu n'as pas honte? Ces gens étaient inquiets à mort, tu le savais et tu recommences après une semaine. Tu n'as pas de frein, je suis outragé. Tu peux être sûre que je ne vais pas le tolérer.»

Je n'avais plus la tête à profiter de cette semaine de vacances. Nous partîmes deux jours avant la date prévue.

Je n'arrêtai pas de ruminer. Le cloisonnement à la maison avec sa mère n'avait pas eu d'effet. Est-ce que j'avais été trop faible avec elle? Je savais que Solange la gâtait. J'avais déjà essayé de rectifier le tir, apparemment avec peu de succès. J'avais vu le rapprochement de son frère d'un bon œil, mais comme une fusée qui prend

41

la tangente, le support qu'elle lui témoignait était devenu une arme contre sa mère. Et puis la tentative de suicide de Solange m'avait fait prendre conscience de l'évolution de son caractère. J'avais le devoir d'intervenir, j'espérais que ce n'était pas trop tard. J'allais la mettre à l'épreuve. Il fallait qu'elle apprenne l'empathie et la compassion au lieu de cet égoïsme que je détestais.

Elle était déjà inscrite en première année en fac de médecine à Lyon. Elle voulait devenir chirurgien-dentiste. Elle était bonne élève et j'étais sûr qu'elle en était capable. Elle serait en résidence d'étudiants à partir d'octobre. J'irais la voir juste le week-end. Sans doute qu'elle comptait déjà là-dessus.

Il fallait que je trouve une sanction plus conséquente. Et puis je trouvai. Je savais que ça allait exploser, qu'elle allait hurler de frustration, peut-être même essayer de s'enfuir. Comme on se prépare à la guerre, je m'attendais à des réactions violentes, même de la part de Solange, qui semblait assez apathique.

À notre retour. Florence était assez tendue. Au fil des jours, elle se détendit et croyait sans doute que la tempête était passée. Elle aurait dû savoir que je réagissais toujours en décalé.

«Florence, il faut qu'on se parle.

– Ok.»

Le ton de sa réponse était neutre.

«Tu es inscrite en fac et les cours commencent normalement dans trois semaines. Tu vas différer tes études d'un an. On fera un programme ensemble.»

Et comme prévu, elle hurla, elle pleura, elle m'insulta, elle donna des coups de pied dans les meubles, elle monta, elle claqua la porte de la chambre,elle se jeta sur son lit et elle le tambourina en sanglotant. Solange avait les yeux comme des soucoupes.

«C'est violent, mais ça va passer.»

Le lendemain matin, Florence m'attendait pour déjeuner. Elle tremblait d'énervement, elle avait la tête rouge et les yeux gonflés.

«Qu'est-ce que je dois faire à ton avis?»

Son ton était agressif.

«Je n'ai pas le temps. On en parlera ce soir, à condition que tu changes de fréquence.»

Elle partit sans manger. Le soir, elle m'attendait.

«Je peux le savoir maintenant?

— Je mange d'abord.

— Tu le fais exprès, je vais devenir folle.

— On a le temps, on a un an pour discuter.

— Tu es un sadique, je te hais.»

Elle se leva brusquement. Je ne répondis pas.

«Mais, Florence, c'est ton père.

— Laisse tomber, Solange, elle est frustrée.

— Je ne reconnais pas ma fille. J'ai tout fait de travers.

— Ce n'est pas vrai.

— Je n'ai pas fait comme il fallait.

— Moi non plus. Je vais essayer de rectifier.

— Avec Francis non plus.

— Il n'est jamais trop tard pour changer.

— Il ne pourra plus m'aimer.

— Je crois que tu te trompes, il n'a jamais arrêté. J'étais préoccupé par son bien-être et je ne me suis pas assez occupé de Florence.

— Et toi, Jacques, tu crois que tu pourras encore m'aimer un peu?

— Je suis là et je reste. On n'a plus 20 ans, Solange. Va te reposer. J'ai encore du boulot.»

Le lendemain, samedi, le ton de Florence changea. Elle commença à pleurer.

«Tout ça parce que j'ai passé deux nuits dehors? Je n'ai rien fait d'autre. Ce n'est pas proportionnel...

— C'est peut-être difficile à comprendre. Je n'ai pas envie d'expliquer. Ça va s'éclaircir au fur et à mesure.

— Mais en faisant quoi? Pendant un an? Je vais perdre douze mois!

— Je vais faire en sorte que ça ne soit pas du temps perdu. Pour commencer, la boulangerie cherche quelqu'un pour servir dans le magasin, durant le congé de maternité de son employée Sandrine. Tu peux aller te présenter.

— Tu as décidé que je devais travailler dans une boulangerie? Passionnant.»

Son ton était ironique.

«C'est grâce au boulanger que tu as les petits pains au chocolat que tu aimes bien.

– Arrête tes leçons, papa, ces évidences sont loin d'être intéressantes.

– Tu peux y aller lundi à six heures.

– Six heures? Ça se précise… Merci de m'avoir trouvé du travail.»

Son ton était repassé à l'ironie.

«Il n'y a pas de quoi.

– C'est vrai? demandait Solange. Elle va travailler dans la boulangerie du Centre?

– Tu n'as pas travaillé dans une Conserverie? Tu n'aurais pas préféré continuer à servir les clients de la boulangerie?»

Chaque soir Florence se plaignait. Qu'elle ne savait pas pourquoi elle devait commencer si tôt, qu'il n'y avait personne dans la boutique, que la boulangère profitait de sa présence pour partir en ville, que c'était une mielleuse, qu'elle ne mettait jamais de gants pour manipuler le pain, que son café était infect…

Et puis ça se calma. Elle racontait qui elle voyait, qu'elle s'était cachée quand son ancien prof était venu chercher une baguette, que Francis était venu chercher des croissants à dix heures, que la sœur d'une copine avait dit que c'était cool, que ça sentait toujours bon là où elle travaillait…

Après un mois, elle revint avec un chèque de 750 euros.

«Qu'est-ce que je peux faire avec cet argent? Je peux peut-être m'acheter un iPhone?»

Elle pensait à haute voix.

«Tu es folle! 750 euros, Jacques, tu ne vas pas lui laisser mettre autant d'argent pour un téléphone?

– Tu vas me donner cet argent, je vais le déposer sur ton compte d'épargne et tu auras ton pécule comme d'habitude.»

Elle était bouche bée. Cette fois, elle ne hurla pas, mais elle bouda pendant une semaine.

Après trois mois, Sandrine revint travailler.

Je contactai alors le cuisinier des Restaurants du Cœur. Florence pouvait aller aider trois fois par semaine. Elle devait couper les légumes pour le potage. Et ce fut le grand retour des commentaires.

« Le chef a critiqué ma façon de couper les oignons, quelle crampe ! Il m'a dit : "Tu dois couper les oignons en brunoise pour que les goûts se mélangent" ».

Elle imitait un ton affecté.

« Il se prend pour Bocuse, le gars. Faire du potage gastronomique avec les légumes donnés. Pour les Restos du Cœur, *Mamma Mia*. Voilà le résultat, je me suis fait une entaille au doigt.

– Il t'a soignée, je vois.

– Oui, mais ça n'empêche pas que ça fait vachement mal.

– Ce n'est pas parce que c'est du potage pour les démunis que ça doit être bâclé. C'est le chef, c'est lui qui commande. »

Elle soupira.

« Tu ferais mieux de regarder comment il fait. Au moins, tu apprendras à en faire à la maison.

– Parce que maman ne sait plus faire la cuisine ?

– Elle peut se reposer ou on peut aller se promener. Ça s'appelle "être serviable".

– Tu veux que je sois votre bonne à tout faire ?

– Tu as été servie depuis ta naissance. Ce temps est révolu. À partir de maintenant tu peux contribuer. Chaque jour une tâche, ce n'est pas trop demander. »

« Florence, à partir de la semaine prochaine tu peux aller à l'Emmaüs. Ils ont besoin de quelqu'un au triage.

– C'est quoi, encore ?

– Tu verras quand tu y seras. »

À son retour, elle était indignée que j'aie osé l'envoyer là-bas.

« Qu'est-ce que tu as fait ? demanda Solange.

– Maman, tu ne peux pas savoir. Ils ont sorti au moins 50 sacs poubelle remplis de dons. Tu ne peux pas t'imaginer tout ce qu'il y a dedans. La moitié du contenu est à jeter. Et puis ça pue.

– Vous étiez combien au triage ? lui demandai-je.

– Cinq.

– Ils se sont tous plaints comme toi?

– Ils ont dit qu'ils étaient habitués.

– Toi aussi, tu vas t'habituer.

– C'est dégueulasse. Je n'irai plus.

– C'est bien toi qui veux devenir chirurgien-dentiste? Tu crois que toutes les bouches que tu vas soigner sentiront bon? Tu mets un masque et des gants et tu y retournes demain. Je vais travailler.

– Je ne peux jamais rien dire, moi, cria-t-elle. Samedi, il y a la fête à Charolles, je peux y aller, papa?

– Non.

– Tu as l'intention de m'enfermer combien de temps?

– Je ne t'enferme pas, tu sors tous les jours. N'insiste pas, Florence, c'est non.

– Ce n'est pas possible!»

Elle revint à la charge.

«Tu as peur que je fasse des bêtises? Parce que je peux y aller avec Francis.

– Plus tard, peut-être.»

Elle partit en claquant la porte.

Avais-je été trop dur? Je voulais qu'elle boive la coupe jusqu'à la lie.

Un mois plus tard, elle me posa encore la question pour une fête à Fleury. Je réfléchis. Elle s'était assagie. Il fallait que je lâche un jour. «OK pour l'après-midi. À dix-huit heures à la maison.»

Quand elle revint, elle était de bonne humeur. Elle raconta qu'elle avait vu le chef des Restos du Cœur et qu'ils avaient discuté. Il lui avait demandé :

«Tu as envie de continuer tes études? Tu es une fille balèze.

– C'est mon père qui a décidé que je devais d'abord apprendre à être serviable.

– Vous êtes juifs?

– Non, mais c'est peut-être là qu'il a puisé son inspiration.

– On ne dirait pas, ton père est un homme si gentil. Il m'a soigné un jour pour une vilaine blessure, une brûlure au troisième degré. Et pendant son travail, il s'est intéressé à ma famille et à mon travail. Il a pris son temps. Une jolie petite dame l'a aidée.

– Ma mère.

– Je devais y retourner. Je lui ai dit que c'était difficile, que je devais rentrer après le boulot, que ma fille m'attendait. Alors je passerai tous les jours à ton boulot, m'a-t-il répondu. Et il a fait ça pendant deux semaines, tous les jours il est venu. Quand il m'a demandé si sa fille pouvait venir m'aider, qu'elle ne savait pas faire grand-chose en cuisine, j'ai dit que c'était un plaisir pour moi de lui rendre service.

– C'est vrai que j'ai fait quelques bêtises. Mais c'est dur. Je ne sors que pour travailler. C'est ma première sortie depuis 6 mois. Je n'ai pas pensé une seconde que mon père allait prendre des mesures aussi drastiques.»

Pendant qu'elle racontait, j'aperçus quelques larmes couler.

«C'est vrai, papa, je ne l'ai pas vu arriver.

– Je suis désolé, Florence. Je crois que c'était nécessaire.»

Elle admit qu'elle ne pouvait pas l'éviter.

Lentement elle en prit conscience. Elle ne serait jamais un exemple de compassion, mais à mes yeux, cette année ne fut pas une année perdue. Je crois pouvoir dire qu'elle avait gagné en intelligence de cœur.

Plus tard, alors qu'elle coupait des oignons en petits dés pour accompagner le saumon fumé et que Francis la regardait faire, celui-ci demanda :

«Tu vas vite. Tu n'as pas peur de te couper?

– C'est une question de technique : un jour j'ai voulu imiter le chef et je me suis coupée. Il m'a dit qu'il faut apprendre avec un petit couteau. Il m'a donné un Opinel qui protège le pouce et le doigt.

– Pour moi, la cuisine se limite à réchauffer une pizza.

– Je lui ai demandé s'il pouvait m'apprendre à faire une pâte super fine et croustillante et il me l'a montré. Je t'en ferai une, la prochaine fois que tu viens manger.»

Chapitre 6

Fin septembre, Florence entama sa première année à Lyon. À partir de là, Francis déménagea définitivement dans un petit appartement.

Florence restait à Lyon. En deuxième et troisième année, elle faisait des stages et ne rentrait plus le week-end. J'étais absent toute la journée et je ne rentrais pas avant vingt-et-une heures. Solange était déjà couchée à cette heure. Est-ce le fait d'être seule toute la journée, elle ne sortait jamais, elle n'avait jamais noué de contacts, sauf pour faire ses courses et aller au marché le samedi. Elle refit une tentative de suicide.

Un jour, alors que je rentrai à 21h30, je la savais couchée. Je ne suis pas allé la voir tout de suite. Je mangeai puis regardai les infos, et comme d'habitude, je passai dans la chambre avant d'aller me coucher. Elle laissait toujours une petite loupiote. Je la trouvai très blanche. Quand je m'approchai, je touchai un objet avec les pieds. C'était un flacon. Je le ramassai et vis un deuxième flacon. Ils étaient vides tous les deux. J'appelai le SAMU. Je cherchai un tuyau pour vider l'estomac et aspirai, mais rien de conséquent ne sortit. Je commençai alors à la réanimer. J'étais en nage. Le médecin urgentiste prit le relais. Il mit le défibrillateur pendant 15 minutes. Sans résultat.

Cette fois-ci Solange avait réussi.

J'appelai les enfants. Ils vinrent et restèrent silencieux. Les jours suivants, j'étais pris par des tâches administratives.

Aux funérailles, il y avait beaucoup de monde.

Florence repartit à Lyon. Elle se faisait du souci pour moi. J'essayais essayé de la rassurer. Francis proposa de venir dormir à la maison.

Je ne voyais pas les enfants fort touchés. Il y avait déjà un moment que Solange ne jouait plus un rôle important dans leur vie.

Chapitre **7**

Mon travail m'occupait. Je changeai quelques habitudes. J'allais au restaurant manger le plat du jour après mes consultations du matin. Le soir, je bricolais un truc. Souvent, Francis venait me rejoindre. Seul le soir, j'avais tout le temps de ruminer. Je passais le film de ma vie. Je ne m'en sortais pas. Je tournais en rond et je manquais de souffle.

Un samedi, j'ai regardé les infos de vingt heures sur la Une. J'entendais, mais je ne comprenais rien. Et puis tout m'est tombé dessus, comme une grippe. Je commençai à trembler. Je me levai, j'arpentai la pièce pour faire circuler le sang dans les jambes et les bras. Je sortis. L'air était frais et me faisait du bien. Je continuais à marcher sans but précis. Les secousses se dissipèrent lentement et une fois calme, je rentrai au chaud. J'essayais de reprendre le contrôle. Je n'avais jamais expérimenté cette perte de maîtrise de mes gestes et de mes sentiments. Pas moyen de relativiser. Je pédalais dans la semoule.

Le lundi j'ouvris mes consultations comme d'habitude et les problèmes de mes patients m'aidèrent à arrêter mon moulin intérieur. Entre midi et deux, j'allai manger. Le serveur me regarda avec étonnement. En attendant mon repas, je le vis chuchoter quelque chose au patron et je soupçonnai que c'était à mon sujet. Le patron se dirigea vers ma table. Il me parla tout bas :

«Docteur, vous avez toujours votre dessous de pyjama sur vous.»

Je rougis et je partis en vitesse. Je jurai comme jamais auparavant.

Le soir, je mis de l'ordre dans mon cabinet et tombai sur la carte de visite de Laurence Martin, psychologue, celle que mon collègue m'avait refilée quand je lui avais confié la tentative de suicide de Solange. Je lui avais demandé conseil sur les médicaments et elle m'avait recommandé de ne pas m'arrêter à une seule médication.

Je ne voulais pas entamer un traitement d'anxiolytiques ou de somnifères, mais je me décidai à demander un entretien.

Épilogue

Je t'ai appelée, Laurence, et tu m'as proposé un rendez-vous. Je suis venu un mercredi à dix-huit heures. Après la séance je t'ai expliqué que c'était difficile pour moi de venir le mercredi à cette heure-ci, que mes consultations ne finissaient que vers vingt-et-une heures.

« Alors un autre jour ?

– Désolé, c'est tous les jours que je finis si tard le soir.

– Je ne connais pas de médicament pour résoudre votre problème. Il faut que vous preniez le temps, une heure par semaine au minimum, ou bien ça ne vaut pas la peine de commencer. »

J'ai collé un papier à ma porte pour avertir mes patients et j'y suis allé tous les mercredis.

Tu m'as demandé de parler de mes parents, de mes frères, de Frédéric, de Solange et des enfants. Tu m'as donné le conseil d'écrire le récit. J'ai essayé de me souvenir des dialogues. Et au fur et à mesure, j'ai tout couché sur le papier. Tu m'as répété régulièrement que mon écrit ressemblait à un rapport, un compte rendu des faits, sans émotion.

On a consacré pas mal de séances à Frédéric. J'ai raconté nos ressemblances, tout ce temps qu'on passait ensemble et avec Solange. Je me suis rendu compte que sur ma carte mentale, ils étaient liés.

Et puis son décès, le désarroi, la perte de repères et ma fuite de la maison en deuil, dans les études. Pendant cette période, je ne me suis attardé sur aucun sentiment. En revenant à la maison, je voulais retrouver l'ambiance d'avant sa mort. Solange faisait partie de ce monde d'avant.

C'est aussi à travers elle que je cherchais mon frère. Nous avions l'ambition de la « sauver », dès notre plus jeune âge. Plus tard son sauvetage était une étape naturelle : la sauver de la honte, de la misère. Naturel aussi, l'amour que je lui témoignais. Nous avions des rapports chaleureux. Je ne cherchais rien d'autre. Ce n'était pas un amour passionnel, mais éternel, inscrit dans le temps. Même pendant les périodes les plus difficiles de notre couple, je continuais toujours de l'aimer, je ne pensais jamais à la quitter, enfants ou pas. La réussite de son suicide était une preuve que j'avais été incapable de la sauver. La culpabilité me rongeait. Je m'arrêtais à ma responsabilité médicale. J'avais administré les médicaments nécessaires après la première tentative. Je n'avais rien changé à mes habitudes. Je continuais à travailler comme avant.

Solange se couchait tôt et pour ne pas la déranger, je dormais dans l'autre chambre. Elle ne se blottissait plus dans mes bras, on ne faisait plus l'amour. Elle ne voulait pas voir un psychologue. Je n'insistais pas. Elle continuait de prendre ces médicaments qui calment, endorment et abrutissent la vie affective. Je souffrais aussi de cette séparation, mais au lieu de prendre les choses en main, je me suis éloigné. Comme lors du décès de mon frère, je me perdais dans le travail. Son monde s'était rétréci à un mari, souvent absent.

On avait longtemps parlé de sa grossesse et de ce bébé dont elle ne voulait pas, qui était pour elle le produit d'un viol et non de l'amour. J'avais été incapable de mesurer le stress de l'enfermement, sa déception et le regret de m'avoir quitté. Et puis ses éternels sentiments d'infériorité où chaque discussion était interprétée comme un reproche. J'ai fait l'erreur de le sous-estimer. Cela se traduisait par exemple par ne pas vouloir sociabiliser avec l'épouse de mon collègue médecin. Elle aimait coudre, mais croyait qu'elle ne serait pas à la hauteur dans un cours de couture. Un jour, je lui ai reproché de se plaindre de devoir porter ses courses alors qu'on avait une voiture qu'elle ne voulait pas apprendre à conduire. J'ai compris que je m'étais comporté comme un mufle.

Solange était persuadée qu'un jour, j'allais regretter de l'avoir épousée. Elle projetait ses propres incertitudes sur moi. Comme pour ce bébé, qui n'était pas mon fils biologique et que je ne saurais certainement pas accepter à part entière, alors que c'était elle qui avait du mal à l'aimer.

En relisant le récit avec toi, et en écoutant tes questions, je mesurais mon incompétence à faire le deuil de mon frère, à me pardonner d'avoir été incapable d'aider Solange. Je l'avais aimée sans passion. Je m'étais contenté de lui faire sentir que sa présence était importante pour moi. J'avais tellement peur de me perdre dans les émotions, de ne plus pouvoir gérer ma douleur.

Il n'y a que maintenant que je ressens d'avoir surmonté cette impuissance et cette peur de l'immense tristesse après la mort de Frédéric, l'amour que je portais à Solange. Mes enfants étaient les seuls auxquels j'avais donné sans retenue.

À la huitième séance, tu m'as annoncé que tu n'avais pas le temps de me voir le mercredi suivant. J'étais en état de choc. Tu n'as pas arrêté de feuilleter ton agenda, sans me regarder.

«Jacques, nous pouvons peut-être nous voir samedi après-midi? Et si on se promenait au lieu de rester enfermés dans le cabinet? On peut se parler en marchant. Il paraît qu'il va faire beau.»

J'ai soufflé, tu n'allais pas me laisser tomber.

«Tu as un jean à mettre et des souliers confortables?

– Un jean? J'en ai un que mon frère m'a donné et dont Solange a repris l'ourlet.

– Parfait.»

Le soir j'ai appelé Florence. Elle a commencé à rigoler.

«Toi, un jean? Tu vas enfin changer d'uniforme? Pas de problème. Et une petite chemise qui va avec?

– J'ai plein de chemises, le jean, ça ira.

– C'est vrai, des chemises blanches à manches longues que maman t'achetait en vrac.»

Elle est venue m'apporter les achats.

«J'en ai pris deux de tailles légèrement différentes. Ça aurait quand même été plus facile si tu étais allé les essayer toi-même.

– Je n'ai pas le temps maintenant, je n'ai pas fini mes consultations.»

Le lendemain :

«Alors, il y en a un qui va?

– Je les garde tous les deux.

– Tu es drôle, papa. Après tout, je n'ai pas trop mal jugé la taille de ton derrière. Tu sais qu'il est mignon pour un homme de 50 ans?

– N'importe quoi! Merci quand même.

– Je t'envoie la facture.»

Elle rigolait.

Le samedi, il faisait un temps magnifique. J'ai garé ma Clio sur le parking de l'église où on avait pris rendez-vous. On est allés se promener sur le chemin balisé.

«Ça va? Je vais te faire la bise. Je vois que tu n'as plus ton uniforme, enfin encore la chemise blanche, mais sans cravate.»

Tu m'as pris le bras.

«Je crois qu'il faut que je te parle la première : je veux te rencontrer en dehors du cabinet.»

J'ai mis quelque temps à comprendre. J'ai dû te lancer un regard étonné.

«Jacques, tu ne me laisses pas indifférente.»

Tu m'as regardé avec insistance.

«Je suis surpris. Mercredi je croyais que tu ne voulais plus me voir, et puis ce rendez-vous...

– Allez, on va marcher un peu, je t'explique...»

Je t'ai arrêtée.

«Tu veux manger avec moi ce soir? Je t'invite.

– Volontiers.

– Je peux te prendre la main?

– Tu peux même m'embrasser...»

Pendant le repas, nous nous sommes regardés, nous avons papoté et on s'est promenés jusque chez toi. Je t'ai donné un vrai baiser. Je ne voulais plus que nos lèvres se séparent.

«Tu montes?

– Tu es sûre? Je ne veux pas... Je suis vieux jeu...

– Je sais que ça ne s'arrête pas à ton uniforme... Et si je te dis que j'aime aussi cela, parce que ça fait partie de toi...

– Et si on passait une quinzaine de jours à la montagne, Jacques?

– C'est nouveau pour moi. Je ne suis jamais allé nulle part.

On prenait une semaine fin août, on la passait chez mes parents près de la mer, en Bretagne. Moi j'avais mon travail et Solange n'a jamais exprimé l'envie de voyager. Elle était près de ses sous, elle cousait, elle reprisait, elle cherchait les promotions, elle avait toujours peur de ne pas avoir assez de réserve d'argent. Elle avait connu trop longtemps la précarité. Il n'y a que Florence qui avait le droit de choisir de temps en temps un nouveau jean. Francis portait ce qu'on lui donnait. Et moi j'avais mes chemises blanches amidonnées, une par jour, enfin, tu connais. Elle a beaucoup épargné, ce qui m'a permis d'acheter un appartement pour Francis et de réaliser la cession du Cabinet de dentiste de Florence.

Toute cette explication pour te dire que ça me plairait bien de découvrir d'autres horizons ensemble!»

L'auteure

Ingrid Boey nait le 29 juin 1951 et a embrassé une carrière de professeur. Elle donne naissance à deux enfants et passe son temps à lire, jouer au badminton et à arpenter la nature dans des randonnées.

À côté de son travail à l'école, elle coache souvent des jeunes et propose son aide.

La maison d'édition

Qui arrête de progresser, arrête d'être bon!

En se basant sur notre slogan, c'est notre désir de trouver de nouveaux manuscrits et de les faire publier. Depuis plusieurs décennies déjà, nous avons donné nos cœurs aux livres et nous nous engageons pour chacun de nos auteurs et chaque livre personnellement.

Nous faisons pour chaque manuscrit une relecture en quelques semaines. La relecture est gratuite et sans engagement.

Pour plus d'informations sur notre maison d'édition et nos livres, reportez-vous à notre site:

www.novumpublishing.fr